1875. 13 Avril

Vente du Mardi 13 Avril 1875,

PAR SUITE DE DÉCÈS

TABLEAUX

ANCIENS & MODERNES

GOUACHES — DESSINS

OBJETS D'AMEUBLEMENT

EXPOSITIONS :

Particulière	Publique
Le Dimanche 11 Avril 1875.	Le Lundi 12 Avril 1875.

COMMISSAIRE-PRISEUR,	EXPERTS,
Me CHARLES PILLET.	MM. DHIOS et GEORGE

CATALOGUE

DE

TABLEAUX

ANCIENS & MODERNES

Cinq Tableaux par H.-F. SCHOPIN

QUATRE PANNEAUX DÉCORATIFS EN GRISAILLE

PAR J.-B. OUDRY, 1754

Objets d'ameublement — Bronzes — Tapisseries modernes d'Aubusson.

Dépendant de la succession de M. F...

TABLEAUX ANCIENS

BELLES GOUACHES DE L'ÉCOLE ALLEMANDE

Dépendant de la succession de M. G.

TABLEAUX & DESSINS

Par Boilly, Oudry, I. vanden Velde, Boucher,
Fragonard, Leprince Despiches, Loutherbourg, Wille, Swebach, Simon,
Loubon, etc., Faïences par L. Leclaire.

ET DONT LA VENTE AURA LIEU

HOTEL DROUOT, SALLE N° 9

Le Mardi 13 Avril 1875,

A DEUX HEURES.

Par le Ministère de Me CHARLES PILLET, Commissaire-Priseur,
10, rue de la Grange-Batelière;
Assisté de MM. DHIOS et GEORGE, Experts, 33, rue Lepeletier,
Chez lesquels se trouve le présent Catalogue.

EXPOSITIONS : PARTICULIÈRE : le Dimanche 11 Avril 1875.
PUBLIQUE : le Lundi 12 Avril 1875.

DE UNE HEURE A CINQ HEURES.

CONDITIONS DE LA VENTE

La vente sera faite au comptant.

Les adjudicataires payeront *cinq pour cent* en sus des enchères.

L'exposition mettant le public à même de se rendre compte de l'état des objets, il ne sera admis aucune réclamation une fois l'adjudication prononcée.

Paris. — Imp. PILLET FILS AINÉ, 5, rue des Grands-Augustins.

DÉSIGNATION

TABLEAUX

SCHOPIN (HENRI-FRÉDÉRIC)

1 — L'Age d'or.

Tableau gravé par Jazet père.

Haut., 115 cent.; larg., 190 cent.

2 — Paul et Virginie.

Forme ovale.

Haut., 127 cent.; larg., 155 cent.

3 — Salomon et la reine de Saba.

Tableau gravé.

Haut., 58 cent.; larg., 85 cent.

4 — L'Education d'Alcibiade.

Tableau gravé.

Haut., 58 cent.; larg., 85 cent.

5 — Cornélie, mère des Gracques.

Tableau gravé.

Haut., 58 cent.; larg., 85 cent.

OUDRY (JEAN-BAPTISTE)

Suite de quatre beaux panneaux décoratifs de même dimension, peints en grisaille et ainsi signés : J.-B. Oudry, 1754.

Haut., 128 cent.; larg., 95 cent.

6 — Renard dans une basse-cour.

7 — Chien et canards sauvages.

8 — Chien et faisans.

9 — Perdrix et vautour.

OUDRY (école de)

10 et 11 — Quatre tableaux de forme ovale : les chiens de Madame Pompadour.

Haut., 55 cent.; larg., 45 cent.

DESPORTES

12 — Portrait d'un seigneur de la Cour de Louis XV, représenté en costume de chasse.

DUMONT (le Romain)

13 — Diane et ses nymphes.

14 — Flore et Zéphyr.

Deux tableaux décoratifs en pendants.

Haut., 235 cent.; larg., 120 cent.

GIRODET (?)

15 — Eponine et Sabinus devant le tribunal romain et l'empereur Vespasien.

DE VOS (attribué à)

16 — Chiens, renard et chat sauvage.

HOET (GÉRARD)

17 — Diane chasseresse.

Haut., 115 cent.; larg., 135 cent.

OBJETS D'AMEUBLEMENT

18 — Pendule en marbre vert de mer supportant un grand et beau groupe en bronze de BARBEDIENNE : Laocoon et ses fils.

Hauteur de cette pièce, y compris la pendule, 1 m. 35 cent.

19 — Deux candélabres, grands vases en bronze ornés de bas-reliefs d'après l'antique et surmontés de huit branches porte-lumières et d'une statuette de Minerve ; socles en marbre vert de mer.

Ces trois pièces proviennent de la vente Jérôme Napoléon.

20 — Table-console avec dessus en mosaïque italienne, médaillon à paysage et ornements exécutés en différents marbres et en *scajola.*

21 — Meuble d'entre-deux en marqueterie, genre Boule, garni d'ornements en bronze.

22 — Fauteuil en bois doré, couvert en tapisserie à la main de soie et laine : fleurs surmontées d'une couronne.

Provenant de la vente Jérôme Napoléon.

23 — Meuble de salon en palissandre, style Louis XV, couvert en tapisserie moderne d'Aubusson, à bouquets de fleurs. Il se compose de : deux canapés, quatre fauteuils et six chaises.

24. — Six panneaux en tapisserie moderne d'Aubusson, bouquets de fleurs et encadrements de feuillages.

Deux panneaux : haut. 2 m. 90 c.; larg. 1 m. 35 c. Quatre cintrés du haut : haut. 2 m. 90 c.; larg. 1 m. 20 cent.

25 — Grand tapis d'Aubusson.

26 — Quatre rideaux en reps avec bandes en tapisserie d'Aubusson.

27 — Pouf couvert en damas de soie verte.

28 — Pièce de surtout en biscuit de porcelaine moderne : les trois Grâces.

TABLEAUX & GOUACHES

DÉPENDANT DE LA SUCCESSION G...

TABLEAUX

NEEFFS (PETER)

29 — Intérieur de prison : Saint Pierre délivré par un ange.

Haut., 30 cent.; larg., 23 cent

HERGEN REODER (C.-H. 1780, signé)

30 — Caverne de voleurs.

31 — Baigneuses et autres figures dans un chemin souterrain.

Deux pendants

Haut., 26 cent.; larg., 34 cent.

BREYDEL (CHARLES)

32 — Choc de cavalerie.

Deux pendants.

Haut., 18 cent.; larg., 26 cent.

WOUWERMAN (PIERRE)

33 — L'attaque d'un camp.

34 — Mêlée de cavalerie et d'infanterie.

Deux pendants.

Haut., 24 cent.; larg., 30 cent.

BREDA le jeune (VAN)

35 — Intérieur d'écurie.

Des dames et des chasseurs à cheval se disposent à en sortir.

Haut., 26 cent.; larg., 35 cent.

GILLEMANS

36 — Fruits, fleurs, vases et autres objets de nature morte groupés près d'un tombeau.

Haut., 70 cent.; larg., 57 cent.

JUNCKER, fecit 1753 (signé)

37 — Vieillard assis et endormi, le coude appuyé sur une table dans un cabinet d'étude.

Haut., 27 cent.; larg., 22 cent.

VERTANGEN (DANIEL)

38 — Les noces de Psyché.

Haut., 48 cent.; larg., 62 cent.

LEPRINCE (J.-B.)

39 — La guitariste.

Une jeune femme pince de la guitare en présence de deux autres personnages.

Haut., 36 cent.; larg., 44 cent.

HEIL (VAN)

40 — La sybile de Cumes conduit Enée sur les bords du Styx.

Haut., 28 cent.; larg., 29 cent.

CRAESBEKE (attribué à)

41 — Personnages attablés ; une dame joue de la guitare.

Haut., 31 cent. ; larg., 52 cent.

GYZENS (PIERRE)

42 — Paysage avec moulins à vent ; figures, chariot, etc.

Les œuvres de P. Gyzens ou Gyzels offrent la plus grande analogie avec celles de Breughel de Velours, auquel elles sont souvent attribuées.

Cuivre. Haut., 23 cent.; larg., 38 cent.

BREUGHEL (école des)

43 — Village flamand au bord d'une rivière couverte de barques.

Cuivre. Haut., 11 cent,; larg., 16 cent.

TENIERS (école de)

44 — Paysans flamands attablés à la porte d'un cabaret.

Haut., 16 cent ; larg., 22 cent.

GOUACHES

BRENTEL (FRÉDÉRIC)

Célèbre miniaturiste de l'Ecole allemande.

45 — Une caravane.

Très-jolie gouache, d'une précieuse exécution, signée et datée 1642.

Haut., 13 cent.; larg., 19 cent.

46 — Revue militaire.

Haut., 13 cent.; larg., 19 cent.

47 — Mercure, du haut des airs, aperçoit Hersé se rendant au temple de Minerve.

Haut., 11 cent.; larg., 15 cent.

AGRICOLA (CH.-JOSEPH)

Miniaturiste de l'Ecole allemande.

48 — Vue d'un port de mer.

Haut., 11 cent.; larg., 17 cent.

49 — Paysage, effet de neige.

Haut., 11 cent.; larg., 17 cent.

50 — Paysage baigné par une rivière.

Haut., 10 cent.; larg., 15 cent.

51 — Chemin souterrain.

Haut., 10 cent.; larg., 15 cent.

KEERINCKS

52 — Paysage, baigneuses dans une rivière auprès d'un château.

Les figures sont de Vander Avont.

COYPEL (d'après)

53 — La toilette de Vénus.

54 — La toilette de Psyché.

GREUZE (genre de)

55 — Quatre petites miniatures ovales, Perrette et le pot au lait, la cruche cassée; cadres sculptés à nœuds de rubans.

TABLEAUX

ET

DESSINS

OUDRY 1731 (J.-B.)

56 — Chien en arrêt devant des faisans.

BOILLY (L.-L.)

57 — Réunion d'artistes.

Tableau signé et daté 1800 avec dédicace de Boilly à son ami Bouiller. — Il a été lithographié par Boilly en 1820.

Il représente, dans l'ordre suivant :

Premier rang, en haut : Corbet, sculpteur; Chard, chanteur; Boilly ; Percier, architecte.

Deuxième rang, Bidault; Talma; Thiebault; Girodet ; Isabey ; Drolling.

Troisième rang, Baptiste, de la Comédie-Française ; Swebach ; Van Daël; Méhul ; Lethiers ; Taunay ; Bourgeois; Serangeli ; Lemot, sculpteur.

Quatrième rang, Redouté ; Meynier ; Chaudet, sculpteur ; Fontaine, architecte ; De Marne ; M. Blot, graveur ; C. Vernet.

LONSING (F.-J.-L.)

58 — Mirabeau à la tribune.

Dans le fond, l'abbé Maury, Sieyès, et un troisième ersonnage.

Figures de grandeur naturelle, à mi-corps.

UTRECHT (AD. VAN)

59 — Chien couché, oiseaux morts et ustensiles de chasseurs.

LAAR (P. DE)

60 — Cheval blanc au ratelier ; extérieur de ferme.

61 — Cavalier arrêté auprès d'un cabaret.

SAVERY (ROLAND)

62 — Cérès ; composition allégorique.

REMBRANDT (école de)

63 — L'Avare.

BAUR (WILLEM)

64 — La résurrection, petite gouache.

VELDE (ESAÏE VANDEN)

65 — Paysage boisé et figures ; au premier plan une attaque de voyageurs.

Signé et daté 1622.

CORRÈGE (d'après)

66 — Tête d'Antiope.

TENIERS (école de)

67 — La lecture de la Gazette.

FERG (PAULE)

68 — Paysage boisé, avec cavalier et villageois sur une route.

SAVERY (ROLAND)

69 — Les quatre Éléments.

LEGRAND

70 — L'Amour armé d'une torche.

TENIERS (école de)

71 — Armes et armures.

DROLLING (?)

72 — L'Atelier d'un sculpteur.

MIGNARD (école de)

73 — Dame de la cour de Louis XIV.

BRAND (CHRÉTIEN)

74 — Paysage, bestiaux à la rivière.

GAEL (BARENT)

75 — Halte de cavaliers devant une hôtellerie.

ÉCOLE ITALIENNE

76 — Figures mythologiques.

ECOLE FRANÇAISE

77 — La jeune mère.

PIOMBO (école de s. del)

78 — Sainte Famille.

BOUCHER (FR.)

79 — Tête de chérubin.

GORP (attribué à VAN)

80 — Portrait d'un musicien.

PRUD'HON (attribué à)

81 — L'Assomption de la Vierge.

WOUWERMAN (PIERRE)

82 — La sortie de l'écurie et le manège.

Deux dessins à l'encre de Chine.

BOILLY (JULES)

83 — Intérieur de l'Église Saint-Étienne, à Toulouse.

ÉCOLE MODERNE

84 — Têtes de Satyres.

DELARUE (1776)

85 — Tombeau de Louise Delalande, femme de De Larue.

Plume et lavis.

DELARUE

86 — Groupe de matelots.

Plume et aquarelle.

FRAGONARD

87 — Scène enfantine.

Sépia.

88 — Le lavoir.

Sépia.

89 — Les âges de la vie.

Sépia.

LE PRINCE 1779 (J.-B.)

90 — Villageois en goguette.

Sépia.

DESFRICHES (1771)

91 — Paysages et figures.

Crayons.
Deux pendants.

92 — Moulin à eau.

Cadre Louis XVI.

93 — Route près d'un moulin.

Cadre Louis XVI.

LEGILLON (1796)

94 — Paysage.

Crayon noir et blanc.

LOUTHERBOURG

95 — La Course grotesque.

Crayon et sépia.

GUERCHIN

96 — Moïse.

Plume.

BERGHEM

97 — Étude de moutons.

Crayon

BONN, d'après REMBRAND (A. VON)

98 — Abraham répudie Agar.

Plume.

WILL, 1765 (P.-A.)

99 — Le bénédicité.

Crayon.

WILL, 1764 (J.-G.)

100 — Deux dessins, paysages et figures.

Plume et sépia.

SWEBACH

101 — Le retour des vendangeurs.

Plume et sépia.

CHAMPAIGNE (attribué à PH. de)

102 — Portrait de Phelippeau, duc de la Vrillière.

LECLAIRE (LÉON)

103 — Chasse à courre ; XVe siècle.

Très-grande plaque en faïence peinte sur émail cru.

104 — Plat rond ; sujet de chasse.

SIMON

104 (*bis*) — Troupeau de moutons.

LOUBON (E.)

105 — Bestiaux dans un bac.

MAAS (N.)

106 — Portrait de femme.

Représentée dans un parc, accoudée sur un mur de pierre.

DUJON (signé V.)

107 — Deux tableaux de nature morte.

WOUWERMAN (école de)

108 — Cavalier au repos.

GOYEN (attribué à VAN)

109 — Deux petits paysages en pendants.

BOURGUIGNON (genre de)

110 — Combat de cavaliers et de fantassins.

TITIEN (d'après)

111 — Tête de femme.

PRIMATICE (d'après)

112 — Jeune femme et l'Amour.

APPIAN

113 — Chaumière sur une route.

BOUDIN

114 — Marine.

LANSYER

115 — Paysage.

MOUILLON

116 — Dans les blés.

117 — Vue d'un château.

MONTICELLI

118 — Chemin sous bois.

PIETTE

119 — Six aquarelles. Paysages.

MEUBLES

120 — Meuble de salon, composé de neuf pièces. Canapé, 4 fauteuils, 4 chaises, en bois doré, recouvert en soie verte.

121 — Deux bras en bronze doré, à 3 lumières.

122 — Petit meuble italien, à 2 portes, l'intérieur garni de tiroirs est recouvert d'incrustations d'ivoire.

123 — Petite pendule Louis XNI en bronze.

124 — Pendule Louis XIV en marqueterie de cuivre.

125 — Meuble de salle à manger, composé de : une table, deux étagères, quinze chaises en bois d'accajou noirci et recouvertes en maroquin rouge.

www.ingramcontent.com/pod-product-compliance
Ingram Content Group UK Ltd.
Pitfield, Milton Keynes, MK11 3LW, UK
UKHW021037260726
13994UKWH00005B/2210